幸せ手帖

瀬戸内寂聴

少年の

幸 少 年 詩

藤 本 の 光 郎

お守り幸せ手帖

まえがき

瀬戸内寂聴

片掌《かたて》に乗るような可愛らしい本が生まれました。『お守り幸せ手帖』は、あなたの悩みがどの頁にも、びっしりつまっています。

それに対して私が答えを考えて、あなたと共に悩みからの抜け道を探しています。

つくづく、寄せられた悩みを聞いて、人間とはなんと悩みたがるいきものだろうと思いました。人間以外の動物は、くよくよ悩む前に生きるための戦いに追われています。

なぜ人間がこれほど悩むのか。それは人間が「心」を持っているからだと思います。

ああでもない。こうでもない。

もしかしたら、ああだろうか。

いや、もしかしたら、こうなのでは。

と、人間の悩みは果てがありません。

人間は幸せになるために、この世に生まれさせてもらっていると思います。幸せになるためには自分を愛し、他者を愛することです。つまり人間は、愛するためにこの世に生まれたのです。ところが「愛」は複雑で、喜びだけではなく、疑いや、嫉妬や、憎しみをも生じます。

相談の悩みは、つきつめれば、愛の悩みです。

生活苦も、病気になることも、人間の大きな悩みです。でもどんな苦しい状態の時も、そういう自分の苦しさにより添ってくれる愛があれば、人は安らぎと幸せを感じることが出来、生きる勇気と未来への希望を持ち直します。

仏教では、すべての人間の悩みは煩悩から起ると教えます。煩悩の火を鎮め、平静な心になった時、悩みの本質がわかり、そこから逃げ出す道が見えてくると教えます。

皆さんが悩む時、片掌に乗ったこの小さな本の頁をパラパラとめくってください。そこから涼しい風が吹いて、あなたの燃えている煩悩の火を、すっと鎮めてくれると思います。

もくじ

観音さまの絵にそっと触れていただくと、
やさしい気持ちになり、心が落ち着きます。
般若心経を唱える前にぜひ触れて、
おだやかな気持ちで般若心経を唱えてください。

【般若心経・全文】

摩《ま》訶《か》般若《はんにゃ》波《は》羅《ら》蜜《みっ》多《た》心《しん》経《ぎょう》

観《かん》自《じ》在《ざい》菩《ぼ》薩《さつ》　行《ぎょう》深《じん》般若《はんにゃ》波《は》羅《ら》蜜《みっ》多《た》時《じ》　照《しょう》見《けん》五《ご》蘊《うん》皆《かい》空《くう》

度《ど》一《いっ》切《さい》苦《く》厄《やく》　舎《しゃ》利《り》子《し》　色《しき》不《ふ》異《い》空《くう》　空《くう》不《ふ》異《い》色《しき》　色《しき》即《そく》是《ぜ》空《くう》

空《くう》即《そく》是《ぜ》色《しき》　受《じゅ》想《そう》行《ぎょう》識《しき》　亦《やく》復《ぶ》如《にょ》是《ぜ》　舎《しゃ》利《り》子《し》　是《ぜ》諸《しょ》法《ほう》空《くう》相《そう》

不《ふ》生《しょう》不《ふ》滅《めつ》　不《ふ》垢《く》不《ふ》浄《じょう》　不《ふ》増《ぞう》不《ふ》減《げん》　是《ぜ》故《こ》空《くう》中《ちゅう》無《む》色《しき》

無《む》受《じゅ》想《そう》行《ぎょう》識《しき》　無《む》眼《げん》耳《に》鼻《び》舌《ぜっ》身《しん》意《い》　無《む》色《しき》声《しょう》香《こう》味《み》触《そく》法《ほう》

無《む》眼《げん》界《かい》乃《ない》至《し》無《む》意《い》識《しき》界《かい》　無《む》無《む》明《みょう》　亦《やく》無《む》無《む》明《みょう》尽《じん》

乃至無老死《ないしむろうし》　亦無老死尽《やくむろうしじん》　無苦集滅道《むくしゅうめつどう》　無智亦無得《むちやくむとく》
以無所得故《いむしょとくこ》　菩提薩埵《ぼだいさった》　依般若波羅蜜多故《えはんにゃはらみったこ》　心無罣礙《しんむけいげ》
無罣礙故《むけいげこ》　無有恐怖《むうくふ》　遠離一切顛倒夢想《おんりいっさいてんどうむそう》　究竟涅槃《くきょうねはん》
三世諸仏《さんぜしょぶつ》　依般若波羅蜜多故《えはんにゃはらみったこ》　得阿耨多羅三藐三菩提《とくあのくたらさんみゃくさんぼだい》
故知般若波羅蜜多《こちはんにゃはらみった》　是大神呪《ぜだいじんしゅ》　是大明呪《ぜだいみょうしゅ》　是無上呪《ぜむじょうしゅ》
是無等等呪《ぜむとうどうしゅ》　能除一切苦《のうじょいっさいく》　真実不虚《しんじつふこ》
故説般若波羅蜜多呪《こせつはんにゃはらみったしゅ》　即説呪曰《そくせつしゅわつ》　掲諦掲諦《ぎゃていぎゃてい》
波羅掲諦《はらぎゃてい》波羅僧掲諦《はらそうぎゃてい》　菩提薩婆訶《ぼじそわか》　般若心経《はんにゃしんぎょう》

【寂聴訳・般若心経】

これは人が本当に幸せになるためのすばらしい仏の智慧《ちえ》。もっとも大切なお経。

観音さまが本物の智慧をさずかるために修行をしておられる時、「人のすべての苦しみは、なくすことができる」という大きな発見をされました。そして、私たちを苦しみから救ってくださいました。

観音さまはこうおっしゃいました。

「この世のすべての形あるものは、あると思えばあるし、ないと思えばないのです。心で感じたり考えたりすることも、あると思えばあるし、ないと思えばないのです。」

さらに観音さまは続けておっしゃいました。

「この世のあらゆるものは、人の心の描き出す幻です。そうだとしたら、生まれることもなければ、滅びることもない。けがれてもなく、清らかでもない。増えもせず、減りもしない。ないと思えば、すべてないのです。眼も、耳も、鼻も、舌も、身体《からだ》も、心もない。眼がとらえる形も、耳がとらえる声も、鼻がとらえる香りも、身体が感じるものも、心が考えるものもない。見ることも、聞くことも、嗅ぐことも、味わうことも、触れることも、知ることも、すべてないのです。」

私たちの人生は、苦しみに満ちています。お釈迦さまは、その苦しみの原因はどこにあるのだろうと、深くお考えになりました。そして、こう悟られたのです。

「人はもともと、愚かに生まれてくるので、迷い、悩み、苦しむのです。それならば、人生の苦しみをなくすには、生まれつきの愚かさをなくせばよいのです。本物の智慧を身につければ、生まれつきの愚かさをなくすことができる。そうすれば、老いることや死ぬことですら苦しみではなくなります」

と。

本物の智慧とは、「この世のすべてのものは、あると思えばあるし、ないと思えばない」ということを知ること。けれども、その智慧すらも、ないと思えばないのです。結局、何もない。だから、何にもとらわれない。せっかくわかった智慧にもとらわれません。

菩薩さまは、本物の智慧によって、とらわれのない心になりました。

死ぬことにさえ、とらわれません。もう、何も怖いものはありません。そうして心に自由を得て、菩薩さまは永遠に幸せな地に入られました。

かぎりない過去から、かぎりない未来まで、あらゆるところにいらっしゃる仏はみな、本物の智慧によりすばらしい悟りを得られました。仏の悟りは最高にすぐれていて、かぎりなく正しく、かぎりなく普遍です。

人もみな、永遠に幸せな地に入るための智慧を知ることができます。それは、ありがたい仏の真言です。この真言を唱えれば、誰もが、すべての苦しみから解き放たれます。なぜなら、この言葉こそが真実であって、ひとつの嘘もないからです。

さあ、これから真言をあげよう。

往《ゆ》け往け
彼の岸へ
共に往かん
ああ、ついにたどりついた
うるわしの浄土よ
幸いなるかな

ひとと自分

相談1　誰からも必要とされない私はどうしたらよいでしょうか？

誰からも必要されていないというのは思い込みにすぎません。ゆったりした気持ちになって、自分が大切だと思う人に何をしてあげられるかを考えてみてください。あなたの心が温まる感動を本や映画で知って、自分がどうあれば心から喜べるのかを思い描いてください。

相談2 両親に養ってもらっており、自活の経験がありません。どうしたら両親から自立して生活できるでしょうか。

自分はもうだめだと思っていませんか？どうしたら自分が輝けるかを考え、自分にできるすべてのことを実行してください。まずはマイナス思考を改め、前向きに行動することが自立への第一歩です。

相談3　何ごとも他人と比較し、嫉妬してしまいます。

自分を大事に思えない人は、人を愛せません。だから、まず自分を愛することを覚えてほしいですね。自分の良いところを一番知っているのも自分なのですから。内面からでなく、まず外側から自分の魅力的なポイントを探すこと。自分に似合う髪型を選んだり、自分に似合うセーターの色を選んだりね、そういうことにちょっと心を使ったら、他人が気にならなくなって、いろんなことがいい方向にみるみる変わっていきますよ。

相談4　私は毎日、占いばかりしてしまいます。彼との相性をさまざまな占いサイトで調べ、「相性が良くなくて結婚相手に好ましくない」とか、私自身についても「結婚できても幸せは長く続かない。波乱万丈の人生」と出ると落ち込み、この前、付き合って1年になる彼に、「私といても幸せになれないから」と言って、別れてきました。

自分の人生は自分で選ばないとダメだと思います。占いの言うとおりにしたらこんなになったなんて言ったって、周囲も自分も幸せになれませんよ。人生の物語は占い任せにしないで、ご自身で紡いでください。

相談5　自分は何をやっても中途半端です。特に仕事面がだらしなく、高校を卒業して入社した半導体関係の工場は3ヶ月で辞めました。その次はホストを約半年、飲食店で1週間、その次にまた工場に就職しましたが、3ヶ月で辞めてしまいました。結婚を考えている彼女もいますが、こんな状態なのでどうにもできません。

ひとつのことを、絶対やり続けると決めてほしいです。家族や結婚のことを考える前に、まず自分の身を立てることを真剣に考えて1年は没頭することです。

相談6 私は、母親から暴力を受けて育ちました。昔は人懐っこい性格でしたが、今は親や友人とも絶縁状態で、人と関わりを持つことが苦痛です。それでも、人と関わらない仕事に就けばいいのに、人を助ける仕事にしか興味がなく、カウンセラーになりたいと思って勉強を続けています。

もう少しプラス思考になってほしいです。幸福は笑顔にしかやって来ません。やさしい気持ちを持っているあなたには、カウンセラーの道はぴったりだと思います。まっしぐらに進んでください。

相談7 何に対しても自信がなくなり、いじけてしまうのをどうしたらなくせるでしょうか？

自分が変わらないともう、しかたがないですからね。そのためには、まず環境を変えるのが一番です。自分の得意なことを見つけ、自分を高める新しい生き方をして自信を取り戻してください。

相談8　母の介護をしていますが、自分の将来が不安でなりません。

自分はしっかりしているから大丈夫と思っていても、軽い鬱《うつ》になりかけている場合があります。だから、お医者さんへ行って、一度相談してみてください。そうだったらお薬をもらって、休養をとって、まず治すこと。お母さんだって、自分のために、娘の一生を台無しにすることに喜びを感じるはずはないと思います。頑張りすぎないように。

相談9　私はよく、ひとから「隙《すき》がない」と言われます。たまに声をかけてくれる男性もいるのですが、甘え方がよくわかりません。先生のようにいつまでも可愛らしい女性でいたいという憧れがあります。どう振る舞えばよいのでしょうか？

まず自分を完全と思わず、ひとを許すことでしょうね。そうしたら、ひとに優しくなれます。また、お花を育てるなど、自分の心が和らぐことをしましょう。表情も優しくなりますよ。

相談10　前向きに生きていきたいと思うのですが、私は何ごとも悲観的に悪いほうに考えてしまいます。子どもの頃は複雑な家庭環境で、両親とも不倫・ギャンブル・借金と好き放題でした。電気やガス・水道の止まった部屋で何日も食事ができずに泣いていたこともあります。

運命というものは、自分の力で変えることができます。あなたには、自分の良さを最大限に高められるように、今の境遇を変えていってほしいですね。これからは、まわりの人と比べることをしないで、あなた自身の幸せを求めていってください。

相談11　介護を受ける側は、どこまで希望を言ってよいのでしょうか？自分を介護してくれる人が、せかせかしていて無神経な人に代わってしまいとても困っています。

介護する人とされる人は、波長が合わないと絶対良くならないですよね。病気を治すために交代してもらうのはわがままではありません。相性のいい人と一緒に病気を治しましょう。

相談12　若い頃から人付き合いが下手で、友達がいません。数少ない友人たちとも、彼女たちの結婚、出産を機に疎遠になりました。私は既婚ですが、子どもはいません。友達は要らないと言い聞かせ、自分を励まし生きていますが、やはり孤独は辛いです。

自分と同じ条件でなければ、友達にはなれないと思い込んでいませんか。友達というものは、気が合うことが大事ですから、心を開いていれば、自然にできるものです。自分が心を閉じていると、相手も近づいて来にくいと思います。

ものごとは心を主人とし、
心によってつくり出されます。
もし清らかな心で話したり行動したりすれば、
幸せがその人についてくるでしょう。

【法句経（ダンマパダ）二】

分別ある人は、奮い立ち、努力を続け、
自己を抑制し、己に克《か》つことによって、
激流も押し流すことのできない島をつくりなさい。

【法句経（ダンマパダ）二五】

自分こそ自分の主人。
どうして他人が主人になるでしょうか？
自分をよくととのえれば、自分こそ得がたい主人となります。

【法句経（ダンマパダ）一六〇】

何か起きたときに、友達がいるのは楽しい。
どんなことにでも満足できるのは楽しい。
善いことをしておくと、命の終わるときに楽しい。
あらゆる苦しみを除くことは楽しい。

【法句経（ダンマパダ）三三一】

心おだやかであって、常によく気をつけていて、
世間において他人を自分と等しいと思わない。
また自分が優《すぐ》れているとも、劣っているとも思わない。
その人には煩悩が燃え盛ることがありません。

【経集（スッタニパータ）八五五】

仕事

相談13 性に合わない銀行で働き続けるかどうか迷っています。長い人生、やはり負け戦でも、最後まで悔いのないよう自分なりに頑張ってみたほうがいいのでしょうか？

今まで頑張ってきたのを、あんまりきっぱり辞めたら、後悔するのではないかと思いますね。今は嫌かもしれないけれど、銀行の仕事を好きになってほしいと思います。あとは、こういうことを是非したいってものがあれば、それに集中できる環境をすぐにでもつくることです。

相談14　小学生の頃から自分の言葉で物を書くことに興味を持っていました。精神の病で高校を2年遅れで卒業し、昨年の春大学に入学しましたが、鬱状態に陥り、大学に通えなくなりました。作家になるために今、為すべきことは何でしょうか？

あなたには病気があるから、作家になれないとは思いません。かえって病気を糧にしていい小説を書くかもしれないからです。でも、どうしても作家になりたければ、まず、病気を治すことです。

相談15　ネガティヴな言動の同僚にきつくあたってしまいます。

同僚がどうしてネガティヴな言動をするのかを丁寧に聞いてあげてください。そして、どうすれば気持ちを変えてやれるかを一緒に考えてあげてください。あなたの態度についても変えたほうがよいところがあるかどうかもよく聞くことね。どうしてなのかがわかり気分を一新できれば、仕事場の雰囲気も良くなるはずです。

相談16 安定した職業を捨て、整体師になるかどうか迷っています。

自分が得意な仕事を伸ばしていくのが一番だと思います。本当にやりたいことが見つかった時に辞めるのであればいいですが、ただ違うことをやりたいということであればうまくいかないでしょう。

相談17　元彼が上司。社内で孤立してしまいました。元彼と別れる時に、私の友達と浮気していると思って問い詰めましたが相手は認めず、その後、友達ともギクシャクしてしまい、人を信じられなくなって病気になりそうだったので、２人から離れることにしました。でも３人とも同じ職場で、元彼は今も上司です。

職場を変わるのが一番いいのですが、それができないのであれば、上司である元彼の最良の部下になることです。仕事上の信頼できる仲間になれば、それまでのことなど笑って話せるようになりますよ。

相談18 事業に失敗し、母と2人、住む家も失いました。どうしたらいいでしょうか？

できる限りのツテを頼り、あなたのことを真剣に考えてくれる人に相談に行くことです。そして、ゼロから新たに生活設計をすることです。やり直すための方法は必ずあります。全力で臨めば最良のあり方が必ず見つかりますし、深く考え、行動すればピンチは必ず乗り越えられます。

相談19　以前いた職場に戻りたいのですが、同居の父親に反対されています。

あなたの人生がお父さんのために不幸になることはないので、いくら反対されたからって、言うことを聞く必要はないと思います。ただ、育ててくれたことには十分感謝して、お父さんにはできるだけ優しく接してあげてください。ご家族にも困っていることを伝えて協力してもらって、あなたの気持ちをお父さんに伝えてもらうとよいでしょう。

相談20　職場で理不尽な仕打ちを受け続けています。

まず、自分はいじめられるような人間じゃないというプライドを持つことですね。自分がなぜいじめられるのかをよく考え、少しでも自分を変える必要があるのだったら、変えることです。いじめをする人を訴えるのでなく、自分がどうあったらいいかを上司に相談してみるのもいいでしょう。

相談21　転職に踏み出せずにいます。次男で独身、親と同居。2回の転職を経て今の機械加工の会社に入りました。しかし、3年前から取引先が1社となって仕事量が不安定となり、最近は週休4、5日なんてこともあります。結婚もしたいし、早く家を出なければ、と思うのですが、今の会社では、将来設計さえ描けません。

仕事を選ぶ基準を、もう少しじっくり考えましょう。安定した会社に入るには実力が必要です。あなたの最大の武器が何かをまず明確にすることです。必要なのは実力と勇気です。

相談22　私はキリスト教系の保育園に勤務しています。その教えや保育はとても良いし、勉強になると思っていますが、園長先生から日曜にも教会に来てほしいと言われました。日曜はプライベートな時間なので、正直、とても気持ちが重いです。今の仕事を辞めるべきか、悩んでいます。

辞めないほうがいいと思います。日曜日に関しては、プライベートで大事な用事があるので、行くことは難しいと丁寧に伝えるといいでしょう。園長先生の気持ちを汲《く》んで一回は行ってみるとよいかもしれません。

相談23　子どもが欲しく、仕事を辞めるかどうか迷っています。

夫は50歳で共に初婚です。共働きで休みが合わず、私は、深夜勤務が月に6、7回あり、不規則勤務の介護施設で働いています。経済的には仕事を辞めても大丈夫ですが、私にとって仕事は長く支えてくれてきた存在ですし、一方で子どものことで後悔したくなく、悩んでいます。

少し仕事を休んで、体にゆとりを取り戻して、お子さんをつくったらどうでしょうか?あなたなら実力があるから、必ずまた元の仕事に戻ることができると思います。

相談24　パートで同じ職場の女性を、仕事がなく困っていたところを今の仕事に就けるようにしてあげたり、職場でトラブルを起こした時に助けてあげたりしているのですが、彼女には迷惑をかけられたり、恩を仇《あだ》で返されたりと本当に嫌になります。

憎いという気持ちは必ず相手に通じ、自分もその毒に冒されます。だから、おおらかな気持ちで包んであげましょう。そうすれば、いつしか自分も温かい気持ちに自然になっていくものです。

相談25　現在35歳、事務職で重要な仕事も任され、やりがいもあり、子どももいて、大変恵まれた環境にあります。ですが、もっと社会的に役に立ちたいという願望が強くなってきて、医者になりたいのです。現実的ではないことはわかっています。

何人かのお医者さまに会って話を聞き、どうしてもなりたいと思うのであれば、今自分にできることと、できないことをひとつひとつ書き出してみて、それで結論を出してください。その際、身近にいる大切な人々のことを決して忘れないように。

相談26　エンジニアとして働いています。でも、私がエンジニアとしてピークだった時代と今とでは、使うツールもスキルも大きく違うため、自分の経験を生かしたり、今の世代に教えたりすることができない自分は、違う業界で輝きを取り戻せないかとも考えています。虚無感、焦燥感に襲われます。

ツールとスキルが違っても、基本的な精神を伝えることはできます。モノ作りに生きてきた自分に、自信と誇りを持ち続けてください。自分の能力を最大限生かす道や発想は、まだどこかにあるはずです。

たとえ他人にとってどれだけ大事であっても、
他人の目的のために、自分のつとめを捨ててはいけません。
自分の目的をきちんと知り、自分のつとめに専念しなさい。

【法句経（ダンマパダ）一六六】

すべきではないことを行ない、すべきことを行なわず、
目的を捨てて快いことだけをする人は、
自分自身の道を進む人を、羨むことになるでしょう。

【法句経（ダンマパダ）二〇九】

他人の過ちは見やすいけれど、自分の過ちは見えにくい。
人は他人の過ちを籾殻《もみがら》のように吹き散らすのに、
自分の過ちは隠してしまいます。

【法句経（ダンマパダ）二五二】

他人の過ちを探し求め、いつも怒っている人は、
煩悩の汚れが増していき、
煩悩の消滅から遠ざかってしまいます。

【法句経（ダンマパダ）二五三】

与える人には、功徳が増します。
心身を制する人には、
怨《うら》みのつもることがありません。
善き人は悪事を捨てます。
その人は、情欲と怒りと迷妄を滅ぼし、
束縛がときほぐされました。

【大般涅槃経《だいはつねはんぎょう》（大パリニッバーナ経）】

恋愛・結婚・離婚

相談27　女性が怖くて結婚に踏み切れません。

結婚は、幸せになるためにあるのだから一緒に楽しむことを考えたらいいのよ。男の友達がいると思うのだけれど、女性も同じだって考えたらどうでしょう。女性を怖がるばかりじゃなくて理解しようという気持ちが大事です。いい人に巡り合って、子どもでもできたら、ああやっぱり良かったと思うんじゃないかしら。

相談28　デキ婚で現在妊娠9ヶ月。夫の実家が嫌で自分の実家に戻ったら、夫は私を無視します。そんな夫が憎くて離婚を考えています。

なぜ夫はそういうふうに変わったかってことを自分もよく考えてみて。人を憎んだり喧嘩《けんか》をしたりして得することはひとつもありません。喧嘩した時は、もう、ざまあ見ろと思うのだけど、必ずその後はマイナスです。だからやっぱり許すことを覚えなきゃいけませんね。

相談29 恋人と友人の両方からプロポーズされて迷っています。

私は恋人がいて結婚することが決まっているって友人に言えばいいのではないですか。友人とは、今のままで仲良くしましょうって。それがいいと思いますよ。

相談30　婚約者の姉が鬱病です。どう関わればよいでしょうか。結婚してうまくやっていけるかどうか不安でいっぱいです。

この人は好きだけどもこの人の家族は嫌だとか、この人の貧乏が嫌だとか、この家に病気があるから嫌だとか、そういうのがなくなるのが愛情じゃないかしら。そこまで行ったら必ず道が開けるんですよ。すべてを受け入れるのが真の愛情。自分の気持ちを確かめ、無理だと思ったら結婚しないほうがいいですね。

相談31　5年以上付き合っている彼氏から、「自分が抱えることになった借金が1000万円ある」と告げられました。彼の仕事は自営業で、割烹《かっぽう》料理屋を代々継いで営業してきましたが、震災で自宅が壊れ、解体して新築しなければならず、長男であるために責任を背負うようです。「借金がある自分と、このまま結婚を目指して付き合っていけるか考えてください」と言われました。

彼と膝を詰めて話し合うことをおすすめします。これからのヴィジョンをちゃんと聞いて、もう一度彼に対する愛情を自分に問うてみてください。

相談32　今年40歳になる男性会社員です。製材工場で8年勤務していますが、恥ずかしながら未《いま》だに独身で、女性と交際した経験もありません。結婚を意識するようになったのは30代前半からですが、なかなかチャンスに巡り合えないのです。

結婚は本当に大切にしたい人が現れた時にするのが一番いいと思います。自分の都合でする結婚は、うまくいかなくなるものです。自分がどういう女性が好きなのかをじっくり考えてみてはいかがでしょうか。

相談33　バツイチで子どもがいる彼に親が反対なので別れて見合いすべきか、結婚を考えず今のまま付き合い続けるか迷っています。

自分が彼を本当に好きなら結婚すればいいのです。親や世間体が気になるのなら別れたほうがいい。本当に惚《ほ》れたら、こんなことで迷わないものです。自分で選ぶのだから、自分が責任持たなきゃダメよ。今の状態が嫌になっているんだったら、新しい道を考えてみてください。

相談34　20歳の時、7歳上の夫と結婚しました。交際中は会う度にセックスしていましたが、結婚直後からほとんどなく、前回してからは6年経《た》っています。このままセックスもない、子どももできないのなら、離婚するべきでしょうか？

ご主人にお医者さんに行ってもらうのが一番いいと思います。何かの理由で、もう全くセックスに興味がないなら、それは離婚する正当な理由になるのではないかしら。何よりあなたのことを大切に思ってくれないのですから。

相談35

裁判で係争中の元夫の子を妊娠しましたが、まだ親には言えないでいます。両親は、不倫をした元夫とその相手に対して許せない気持ちで現在、慰謝料請求の裁判をしています。

いまさら親に言えないという気持ちはよくわかりますけれども、一生の一大事なのだから、早く伝えるべきだと思います。親にあきれられて、お前なんか知らないと言われても、この元夫とよりを戻して、子どもを産んで育てるべきではないでしょうか。

相談36　婚約者の他に気になる人がいて忘れられません。婚約者は誠実で、私自身が素でいられる相手で、1年半の交際の末にプロポーズされました。一方で、とても気になる人がいて、恋をしています。婚約者には家族愛に近い愛情を、気になる人には異性としての強い魅力を感じています。

恋の情熱は、2年しか続かないと思います。気になっている人にも、同じ気持ちを保つことは難しいのではないでしょうか。結婚は心から信頼でき、素の自分でいられる人がベストです。婚約者を大切にすることですね。

相談37　主人に対して嫉妬の気持ちが強く、どうしていいかわかりません。

自分の都合だけであれやこれやと妄想し、思い煩うことがないようにしてください。苦楽を共にされたご主人を信じてこれからも前向きに生きていくことです。

相談38　３度目の結婚を今の夫としましたが、束縛がひどく、一緒にいると、暴言を吐き些細《ささい》なことで不機嫌になり疲れるので、また離婚したくてたまりません。ただ、「愛情」は失《う》せていますが、「情」は残っています。

相手に対して、恋愛感情はないけれど情があるということは、人間としての愛情があるということで、それは一緒に暮らす上で一番大事なことだと思います。束縛は愛情の裏返しともいえます。ご自身の気持ちを丁寧にご主人に伝え、もう少し様子を見たらどうでしょうか。

相談39　子どもが欲しいのですが、夫婦生活がうまくいきません。結婚して4年、そろそろと考えているのですが、私の気持ちが強すぎるのか、あまり主人からは誘ってくれません。

あなたの気持ちを夫に素直に伝えることが大切です。結婚前の恋愛の時を思い出して、ドキドキできるような環境をつくるといいと思います。2人だけで旅をするとか、家とは違う環境で新鮮な気持ちになれば、自然に愛し合えるのではないでしょうか。夫を大好きだという気持ちを柔らかくアッピールするのです。

相談40

妻から離婚話を出され困惑しています。発端は、妻の携帯に浮気内容のメールを見つけたことです。妻はそれを認めず、彼女の両親の希望で、子どもと妻は実家で面倒をみてもらうことになりましたが、1ヶ月後、義父から「関係修復は無理。娘を追い込んだのが悪い」と言われ、子どもにも会わせたくないと言われてしまいました。

問題は妻の両親ではなくて、奥さんがあなたに対して不満だったということです。妻に何が気に入らなくてそういうことをしたかはっきりと聞き、あなたが妻に対して今後どう接したらいいかをよく話し合ってください。

相談41　夫は、月に1回程度は、必ず風俗に行っています。私が嫌がっていることも承知していて、どうして行くのかと聞くと、「男というものは、1人の女性では満足できないと作家の誰それも言っている、お前みたいな嫁は、他所《よそ》では務まらない」などと言う始末です。

デンと構えてらっしゃい。ご主人は、あなたを嫌いなわけではなく、行けば行ったで楽しいことがあるだけなのだろうと思います。だから、あなたが、そのことを大きく許してあげれば、治るのではないでしょうか。

相談42　私は60歳、10歳の孫がいます。5つ年上の夫とは10年以上も肉体的関係がなく、まるでルームメートのようです。これといった会話もなく、時々とても淋《さび》しく、虚《むな》しくなります。歳《とし》をとったら女としての部分は捨てなくてはいけないのでしょうか。60歳の私が、人肌が恋しいと思うのはおかしいですか？

生理が終わってからの女はより自由になるのです。50代、60代は女の盛りです。恥ずかしがらずに、ご主人に気持ちを告げたらどうでしょう。

相談43　どうしても愛せない夫との暮らしに疲れ、離婚を考えています。夫はやさしいところもある反面、気に入らないと大声で怒鳴ったり、家具を蹴ったりし、子どもに対しても理不尽に叱りつけたりするので、夫を怒らせないよう、子どもに悲しい思いをさせないよう、気を使って暮らしてきました。

ご主人を「愛せない男」と決めたことにより、よくなかったことだけを理由づけにしているようです。ご夫婦の人生をもっと大切に考えて、楽しかったこともも少し思い出してみてはいかがでしょうか。

相談44　借金まみれの彼を見捨てられません。彼は私の車で寝泊まりし、私とお店の他にもヤミ金6ヶ所に借金しています。結婚をあきらめて別れを決意しましたが、私と別れると本当に居場所がなくなってしまう彼を見放すことができません。

あなたは彼にとって都合のいい女になっています。このままだと、待っているのは確実に破滅です。逆に、彼と別れれば、あなたに相応《ふさわ》しい善い人が見つかります。彼のことを深く考えたら、別れてあげるのが本当の優しさです。

相談45 10年前に再婚した妻と暮らしていますが、僕に甲斐性《かいしょう》がないので働きに行ってくれています。しかし妻の小言が多く、いつも怒られてばかりです。この歳では仕事もなく、毎日ストレスはたまるし、一緒にいても辛いだけでたまりません。

奥さまに一緒にいてもらわなきゃならないと思ったら、もう少し奉仕したらいいと思います。できないと自分で決めているだけで、奥さまのことをほんとに大切にしようと考えればできることはいっぱいあるはずです。

相談46 不妊治療をやめて後悔しないか自信がありません。結婚して10年、子どもに恵まれません。8年間、高度不妊治療を続けましたが出産に至らず、治療で貯蓄も使い果たし、私自身40歳を超えたこともあり、「そろそろ2人きりの人生を選んでもいいかもしれないね」と、夫と話すようになりました。

子どもは授かりもののように思います。だから、無理にいろいろなことをして産まなくてもいいのではないかというのが、私の考え方です。夫婦2人のこれからの幸せを考える、いいチャンスにしましょう。

相談47 結婚14年、夫は新婚当初から転職を繰り返し、３人の子どもを授かってからは、10年ほどひとつの職場で頑張ってくれましたが、この春にまた転職しました。それから派遣会社で３ヶ月ほど勤めていましたが、休日が終わり仕事の前夜になると、周囲の言葉がきついと言って、具合が悪くなっています。

ご主人は、どこか悪いのではないでしょうか。お医者さんに行って調べてちょうだいと言ってあげるのが妻じゃないかしら。怠けていると思わず、いたわってあげてください。

相談48　結婚して10年、夫はバツイチで、子どもは前妻が育てています。やさしい夫ですが、喧嘩をした時、つい私が昔のことを引っ張り出して「どうしてかわいい子どもがいたのに浮気して離婚をしたの？　冷たいよね」と言ってしまいました。すると、「子どもと離れるのがどれだけ辛かったか、自分の子どもの顔を見たことのないお前にはわからないだろう。」と言われました。子どもを産めない身体で悩んでいる私を理解し、いつも味方でいてくれていると思っていた夫にそんな言葉を言われるとはとてもショックで、仲良くまた頑張ろうと思っても、その一言が頭に残って前に進めません。

夫を許せないと思い込んでいるあなたの、思い上がりではないでしょうか。あなたはもっとひどいことを言っているじゃありませんか。許すのではなくてこっちがまず謝って、許してもらわなきゃいけないですね。でも、そういうことが口をついて出るのは、もう愛が冷めているとも考えられます。自分が相手に言ってしまったことの重さを噛《か》み締めることが必要です。

＊

旅に出て、自分よりもすぐれた人か、
同じくらいの人に出会わなかったら、
きっぱりと独りで旅立ちなさい。
愚かな人を道づれにしてはいけません。

【法句経（ダンマパダ）六一】

荒々しいことばを使うのはやめなさい。
言われた人たちは、あなたに言い返すでしょう。
怒って発せられたことばは人を傷つけます。
復讐《ふくしゅう》があなたの身に押し寄せるでしょう。

【法句経（ダンマパダ）一三三】

物を惜しむ人たちは、天の神々の世界に行けません。
愚かな人たちは、分ち合うことをよしとしません。
しかし心ある人は分ち合うことを喜んで、
そのために彼の岸では幸せになります。

【法句経（ダンマパダ）一七七】

健康は最高の褒美であり、満足は最上の宝であり、
信頼は最高の仲間であり、ニルヴァーナは最上の楽しみです。

【法句経（ダンマパダ）二〇四】

怒らないことによって、怒りにうち勝ちなさい。
善いことによって、悪いことにうち勝ちなさい。
分ち合うことによって、物を惜しむ心にうち勝ちなさい。
真実によって、嘘をつく人にうち勝ちなさい。

【法句経（ダンマパダ）二二三】

家族

相談49　弟に甘い自分のせいで、夫との仲が悪くなりそうです。どうすればよいのでしょうか？

姉弟であっても1人の人間として扱うように心がけてください。甘く扱うことは弟にとっても、あなたのご主人にとっても、あなたにとってもよくありません。3人の人間を台無しにしているのだと自覚してください。甘すぎても厳しすぎてもうまくいきません。ちょうどいい対処のしかたがあるはずです。

相談50　両親が不仲で間に挟まれ、休まる時がありません。父は72歳。若い頃からバクチ好きで、借金や暴言でずっと母を困らせてきました。一方、母も母で、言葉に棘《とげ》があり、嫌みが多く、私でも腹が立つくらいです。

お父さんといる時はお父さんに一生懸命してあげて、お母さんといる時はお母さんの話をちゃんと聞いてあげる、それだけで十分です。業の深い両親の仲は、あなたの力では変えられません。仲直りは自然に任せ、あなた自身の幸せをまず第一に考えてください。

相談51 祖母は、初孫である私のことは可愛がってくれますが、嫁である母と私の弟のことは嫌っていて、事あるごとに嫌がらせをしたり嫌みを言ったりします。時には母の実家にまで押し掛けて小言を言います。家の中がとても暗く、息苦しいです。

祖母の気持ちを変えることは難しいと思いますが、ご両親と弟とよく話し合い、率直に気持ちを伝える場をつくってもらうのがいいと思います。それでもダメであったら、離れて暮らすようにしたほうがいいでしょう。

相談52　夫と義父から同居を望まれていますが、義父とは同居したくありません。義父は、夫が三度目の浮気をした時、意見してもらおうと頼んだのに何もしてくれず、孫が生まれても抱いたこともありません。夫には他に、妹と、結婚をしている31歳の姉がいます。

まず夫と姉妹とで解決してもらうように、夫に頼んでみたらどうでしょう？そして、あなたが義父と同居したくない気持ちと、夫婦を続けていけるかの問題であることを夫に率直に相談してみてください。

相談53　3年前、妻の不倫が原因で離婚しました。相手は私の親しい友人でした。元妻が私の友人と再婚した時、娘の親権は彼女に渡していますが、相手の養子にしたくないと思う私の気持ちは間違っていますか？

間違っていると思います。そんなこと、言えた義理じゃないですよ。離婚する時の覚悟が足りないのではないでしょうか。あとは娘さんの意思を尊重してください。あなたの気持ちも大事ですが、娘さんの幸せを一番に考えてあげてください。

相談54　夫や親族に内緒の借金があります。その支払いも滞り、現在では手持ちのお金が全くない状態です。夫や家族に知られると離婚され、子どもを取られる恐れがあります。子どもだけが私の生き甲斐なので、それだけは避けたいのですが……。

まずは、夫と親族に真剣に事情を説明し理解してもらうことです。子どもにとっては大切なお母さんなのですから、子どもから引き離されることはないと思います。二度と繰り返さないと丁寧に夫と親族に伝えてください。

相談55　一人息子ががんで亡くなりました。まだ19歳、私の宝物でした。「退院したら親孝行する」と言ってくれた、その言葉が忘れられません。どうして親として早期発見してやれなかったのか、入院中、死の恐怖と闘っていた息子の気持ちを考えると、気が狂いそうになります。

愛情の深い人ほど、そういうふうに考え込んでしまうのです。でも、それはあなたの責任ではないと、私は言いたいですね。息子さんの冥福を祈って写経してほしいです。心が鎮まります。

相談56　夫と2人の子どもと4人、関東で暮らしています。下の子を出産してから1年、月に1回母が九州から手伝いに来てくれています。私は、今年から職場に復帰し、家事や育児との両立で慌ただしくなってきましたが、夫からは、平日に母が来るのはやめてもらいたいと言われました。

お母さんに甘えすぎていると思います。夫の気持ちも察してあげましょう。夫の側の親が来た場合を思ってみてください。夫にも協力してもらって、お母さんにできるだけ頼らないようにしたほうがよいでしょう。

相談57　年上の夫の連れ子が、私をいじめるのでストレスになり、今は家を出て実家にいます。離婚したほうがいいでしょうか？

同居が無理というのは当然のことです。夫と２人で暮らしたいのなら、夫に要求しましょう。私はあなたとはいたいけれど、義理の家族は愛情もないし、いじめるから嫌だと言えばいいのです。それをわかってくれない夫であれば、離婚を考えたほうがいいと思います。

相談58　現在、実家で祖母と私、子どもの3人で暮らしています。小5の子どもは、離婚のために昨年度から転校した学校で友達ができずにいます。転居する前は農業を営む元夫の実家に住んでいました。元夫は現在行方不明なのですが、子どものために彼の実家に戻って、農業を手伝いながら、友達もいる以前の学校に通わせたほうがよいのでしょうか。

案ずるより産むがやすし。事情を子どもによく説明して、相談してください。絆《きずな》を深めるいい機会になります。信頼が基本にあれば、子どもの自主性も育ちます。

相談59　母と姉が、私の子どもの進路に口出ししてきます。姉は教育熱心で、その子どもは2人とも中高一貫の学校に進み、上の子は反発して進学せずに保母さんになり、下の子は姉の期待を背負って学校でも優秀な成績です。私には公立中学に通う子どもが2人おり、昨年もう1人生まれ、共働きでようやく暮らしています。

お母さんとお姉さんに、自分の子どもは苦労するかもしれないけれど、それは自分たちの責任だから、放っておいてちょうだいって言えばいいのです。母や姉に惑わされず、自分たちの考えに自信を持っていいと思います。

相談60 ずっと恨んできた父が、末期がんで入院しました。父との確執が原因でしばらく実家には帰っていません。父は自分勝手で、すべて人任せで、自分の非を決して認めない人です。私や叔父の忠告を無視して母に辛くあたり、母は50歳半ばで認知症になってしまい、私は父をずっと恨んできました。

お父さんのお見舞いに行ったほうがいいと思います。許せる気持ちになれるかどうかはわかりません。でも、会って感じることが一番本当のことだから、自分でしっかり感じたほうがいいのではないでしょうか。

相談61　実家の嫁姑問題にどう対応すればよいでしょうか。実家の母親が、嫁である弟の妻に、言葉の暴力を受けたり、冷たい態度をとられたりしています。母は、「自分さえ我慢すれば……」と、胃が痛くなりながらも耐えて暮らしています。

弟に、お母さんがとても困っているようだからどうする？とか、1ヶ月の何日かは自分がお母さんを引き受けるとか、はっきり言うべきです。問題を解決したいのだったら具体的にしていかないとダメだと思います。

相談62　子どもを置いて家を出たことを後悔しています。

人間は、何をしてもいいのですよ。ただ、やったことの是非より、その後の自分の生き方、責任のとり方が大事です。どんな目に遭ったって当然だと引き受ける覚悟がなくてはダメですね。

相談63　異常なまでに頑固な夫に家庭が崩壊しそうです。次女に結婚したい男性ができました。しかし夫は、相手がバツイチで転職歴が4回以上、昔はかなり悪いことをしていたと聞き、結婚したら絶縁だと言い張ります。私は家庭を平和に保つために気を使いすぎて、自律神経を何度か病んでしまいました。

お嬢さんが望むようにしてやってください。そして、あなたが健全な心身を取り戻すこと。みんなが深く理解し合うにはどうしたらいいか、真剣に考えてください。そうすれば問題はひとつずつ解決します。

相談64　一人暮らしをしている24歳の息子に嫌われているようで、家を出てから私と距離をとり、連絡がとれなくなりました。最近では、電話もメールも一切、無視されています。

息子さんの自立を祝福することです。あなたは他の楽しみを見つけてください。愛情だと思ってしていることが、息子さんには、もう結構っていうふうに、過剰だったのではないかしら。相手が自分をどう思っているかを想像する力をつけなきゃいけないと思います。

相談65 歳の差のある相手と娘の交際に反対しています。娘が職場で知り合った相手は42歳で、23の歳の差があり、15歳と17歳の子どもまでいて、子どもたちは、元の妻のところにいるそうです。娘は結婚したいと言いますが、高校を卒業したばかりの娘にきちんとした判断はできないと思っています。

娘さんの相手と会うべきです。その上で、それこそ涙を流して、うちの娘を変な目に遭わせないでくれと頼んだらいいのです。相手にあなたの気持ちを十分伝えることです。

相談66 私は同性愛者で、両親には、男性や結婚に興味がないと言い続けています。仕事は、両親が経営する資産管理会社で、別の事業を取り仕切っています。両親の会社には後継者がおらず、母には、「どこかの独身社長や社長の息子と結婚してくれ」「女なのに結婚して子どもを産まないなんて役立たず」と責められています。

親御さんにあなたを深く理解してもらうためには、あなたが同性愛者であることを打ち明けるべきです。自分が親の会社を継ぐ意思と、できることを全力でやる姿勢を伝えてください。

相談67　こども会の会長を頼まれましたが断りました。小さな町内で人数も少ないのですが、一人親のためにできないと言うと、みんな同じだと責められ、子どもも町内のお祭りに出られなくなり、今まで親しくしていた子どもの友達の親にも無視されるようになってしまいました。

あなたならできると思い、みんなが頼んだのだと思います。断るプロセスに、みんなが腹を立てた要因があったのではないかしら。できることとできないことをはっきり伝え、こども会はあきらめないほうがいいと思います。

相談68　2年前に母が亡くなり、今は年老いた父と2人暮らしですが、兄も何かと頼ってきます。母は人一倍元気だったので、父も兄も、家族全員が、母に頼りきっていました。今は、私を母代わりにしたいみたいですが、私には荷が重く、結局身体を壊してしまいました。

自分の人生はまず自分のためにあるのですから、お母さんの代わりをすることはないと思います。お父さまやお兄さまには、丁寧に自分の気持ちを伝え、離れたほうがよいのではないでしょうか。

相談69　23歳になる長女の就職が決まりません。長女はこの春国立大学を卒業し、公務員になるために専門学校に通っていましたが、今年の試験では、２次試験で２つ落ち、３次試験で2つ落ちました。昨年は一般企業も受けましたが、そこもダメでした。

一生懸命、チャレンジしているお嬢さまを、お母さまとして励ましてあげてください。今も就職氷河期が続いているので、理想の仕事に就くことは誰もが大変です。でも、前へ気持ちが向いて進めば必ずいい機会に恵まれます。

相談70　４年前、子連れで再婚しました。夫も再婚で姑と同居しています。私たちがいないときに勝手に私たちの部屋に入って来るので鍵をつけたところ、「私を閉じ込めるのか！」と怒り、それ以来、食事を届けても無視されるようになりました。

ご主人に相談し、和解のための話し合いを三者でしてください。お互いこれだけはしてほしくないこと、してほしいことをはっきりさせることが大事です。姑さんが甘えて無理を言っているところがあるので、困ることははっきり伝え、その上で包んであげるようにしてください。

相談71 家族に嘘《うそ》をついてギャンブルで借金を重ねてきた夫を許せません。

ギャンブル依存症は家族だけでは治せません。専門のお医者さんに連れて行き診てもらわなきゃダメ。離婚も視野に入れて、夫に自分の本気を伝えてください。伝わらなかったら徹底するのもひとつの手です。舐《な》められないことが大事よ。

相談72　同居している母をがんで亡くしました。未婚の私は母に甘え、闘病中の母への気遣いをせず、自分勝手に暮らしていました。入院中は私なりに精一杯看病したつもりですが、時にはイラだってしまったこともあり、もっとできたのではと思う毎日です。

お母さんだって、あなたが不幸になることを望んでいるはずはありません。あなたが幸せになることが、お母さんへの一番の供養になると思います。

相談73　中学1年の息子がおりますが、あまり勉強ができず困っています。子どもの勉強を家庭教師に任せ、やりたかった音楽の先生を再び始めたいのですが、子どもの勉強は、母親の責任と考えるべきでしょうか。

自分がいきいきしたら、子どもに対しても優しくなれます。成績は悪いけれども、こんないいところがあるじゃないって、いつもいいところをほめてあげる姿勢だけは忘れないでくださいね。そして、やりたい仕事をなさってください。

相談74

相談は、実家の母と兄のことです。父は亡くなり、兄は15年前に離婚してから独りで暮らしています。就職しても転職したり、自分で事業を始めたりしましたが、どれも長続きせず、今度はフランチャイズの学習塾を始めるとのこと。資金は、父の遺産から母が出しています。これまでも事業資金や借金の肩代わりと、母は相当な金額を兄に渡し、事が済んでから、腹立ち紛れに私に報告し、いつも喧嘩になるのです。そんな話は聞きたくないし、関係ないから放っておきたいのですが、他に母の身内がいないので、縁を切るわけにもいきません。今後、母や兄とどう付き合えばいいのでしょうか?

愚痴は聞くけれども、私にはあなたを助ける力がないということを、ちゃんと言ったほうがいいのではないでしょうか。あなたがもっと強くなって、自分の今の幸せを壊さないようにしたほうがいいと思います。

*

相談75　娘が妊娠しました。でも相手の親に結婚を反対されています。

娘さんの長い将来のことですから、その子を産んでお嬢さんが幸せな道を歩めるかどうかをよく考えたほうがいいですね。娘さんのお相手の方とその親御さんと、信頼できる方を立てて話し合いの場を持つとよいと思います。生まれてくるお子さんにとって一番いいあり方は何かを考えて、娘さんとお相手がうまくやっていくにはどうしたらいいかを、双方の親同士で話し合ってあげてください。

相談76　昨年、父が亡くなりました。母が一人暮らしになったので、独身で一人っ子の私が実家に帰ろうかと考えていますが、母と私は折り合いが悪く、母と長い時間一緒にいると、息苦しくなります。母は72歳で健康です。友達も多く、介護を必要としているわけではありません。母のことは好きですし感謝もしていますが、本当に気が合わないので、一緒にいるのは正直きついです。

お母さまはまだお元気でお友達もたくさんいらっしゃるから、同居しないほうがいいと思います。この先、もしお母さまが病気になったりして、もう自分が看てあげなきゃならなくなった時に、一緒に暮らしたらいいのではないですか？お互い気が合わないなら、一緒に暮らして毎日喧嘩しているよりも、離れた状態で優しくしていたほうがいいと思います。お母さまが元気なうちは、嫌々同居する必要はないのではないでしょうか。

＊

母や父やそのほかの親族がしてくれるよりも、
もっとすばらしいことを、
正しい場所に向かった心がしてくれます。

【法句経（ダンマパダ）四三】


「わたしには子どもがいる。わたしには財産がある」

愚かな人はそう言っては心を悩ませます。

けれどわたし自身も本当はわたしのものではないのです。

そうならばどうして子どもがわたしのものでしょうか。

財産がわたしのものでしょうか。


【法句経（ダンマパダ）六二】

自分が悪いことをすれば、自分がけがれます。
自分が悪いことをしなければ、自分は清らかです。
けがれも清らかさも、みな自分自身のもの。
どんな人も、他人を清めることはできません。

【法句経（ダンマパダ）一六五】

「世のさまざまなことはすべて、わたしのものではない」と
智慧によって理解した時に、苦しみはなくなります。
これこそ人が清らかになる道なのです。

【法句経（ダンマパダ）二七七】

愛と別れ

相談77　20歳以上も歳の離れた人を好きになりました。

歳は関係ありません。男が若くても、女が若くても、歳をとっていても、本当に好きになったら関係ないと思います。結婚を考えるのだったら当人どうしが力を合わせてやっていけるかどうかです。先のことは誰にもわからないのだから、今の気持ちを大切にしてください。

相談78　付き合って10ヶ月の彼氏に「好きかどうかわからない」と言われました。彼は21歳。春に就職したばかりで、だんだん愛情表現が薄くなったり、連絡がなくなったりしてきたところでした。私にとって、彼が初めてまともに恋愛をした人で、これから先、彼ぐらい本気になれる人が現れるかどうか不安です。

彼には、したいことがいっぱいあって、あなたとの恋愛への興味が薄いのだと思います。好きという気持ちも大事ですが、お互いに大切にし合える人を見つけてください。

相談79 夫は浮気ばかり。心の拠《よ》りどころが欲しいです。

必ずしも男女の関係にならなくても、ちょっと難しいけど、プラトニックラブってものはありますからね。そんな人ができればとても幸せになるから、男女を問わず、気の置けないお友達に喋《しゃべ》るだけでも、全然違うと思いますよ。

相談80 不倫の相手が更に浮気をしています。でも別れたくありません。

恋愛なんていうのは、もう理屈じゃないからね。執着っていうのは煩悩の非常に強いものだから、やっぱり執着を断たないとダメだと思います。今よりももっと苦しみたくなければ決断しなくては。道ならぬ恋はいつまでも続くはずがありません。

相談81 友達以上恋人未満の2歳年下の女性がいます。彼女は、僕のことは大好きと言っているのですが、今いる恋人とは別れたくないようです。何度か遊んだりセックスしたりしましたが、中途半端な関係が嫌だったので僕の気持ちを伝え、付き合うか友達のままでいるかを話し合い、その時は友達のままという答えを出しました。

中途半端でいい加減な彼女に、あなたは振り回されているのではないですか。すべては彼女の気持ち次第、そういう女性と無理に付き合うことはないと思います。

相談82　夫の浮気で落ち込んでいた時、結婚前に不倫をしていた相手と再会し、W不倫になってしまいました。相手は、奥さんと子どもの成人後に離婚すると話していて、その後に私と結婚したい、私の子どもの面倒も全部みると言ってくれています。

誰かを悲しませた上に幸福は成り立たないというのが、私の考えです。万事うまくことが運ぶ不倫はありません。不倫は貫こうと思っても、それは無理です。それなりの覚悟をしておいてください。

相談83　2年前に離婚しました。子どもはいません。実は、今の彼に離婚歴があることを伝えておらず、どのタイミングで伝えるべきか悩んでいます。2歳年下の彼とは1ヶ月前に知り合い、すぐに交際を申し込まれて付き合い始めたので、言いそびれてしまったのです。

いずれわかることだったら、離婚歴があることを早く言ったほうがいいと思います。離婚しているからもうあんたは嫌だなんていう男だったら続かないので、もうそれはやめたほうがいいです。

相談84 不倫相手の子を産みました。相手は独身です。実は夫とやり直すべきだと思い、彼に別れを切り出そうとしていた矢先に妊娠が発覚しました。夫との子であると思い産むことにしましたが、生まれてきたのは彼の子でした。

全部、自分の都合のいいようなことで迷っていますね。あなたが一番愛したいのは誰で、誰に一番愛されたいのかを考えてください。生まれてきた子を育てる義務が、彼にあることも忘れないように。平穏な生活をするなら、今のご主人とうまくやっていくのがいいでしょう。

相談85　付き合って1年半になる恋人がいます。彼は学生の時に精神疾患を患い、今も通院しています。仕事も、職場の人間関係等で調子が悪くなり、現在は休職中です。お互い大切に思い合っていますが、私が母の介護をしていて大変な時期に、彼も精神的に不安定だった時は、本当に辛く感じました。

彼とそこまで理解し合っているのなら、結婚したほうがいいと思います。彼の仕事が続けられるよう協力してあげてください。2人で支え合っていくのが、一番望ましい形です。

相談86 子どものいじめ問題に親子で苦しんでいた時、夫の不倫を知りました。夫の裏切りが忘れられず苦しんでいます。

思い切って許した以上は、許すことに徹したほうがいいと思います。過去にこだわるより、今の幸せを思えばいいのです。今、目の前にあなたが愛する人がいるのだから。そうしないと今の幸せさえ逃げていってしまいますよ。

相談87　肉体関係のない不倫ですが、苦しんでいます。罪悪感で眠れなかったり食べられなかったり、毎日が苦しいです。どうすればよいのでしょうか？

モヤモヤしているのは、最後まで行ってないから。本当は行きたい、だけどそれが怖い。誰かが不幸せになることによって得られる幸せは、本当の幸せではないことを、あなたはわかっているから苦しいのよ。別れたほうがよいでしょう。

相談88　一昨年、子どもを中絶しました。私は大学生でお金もなく、彼氏は就職したばかり。さらに遠距離恋愛で連絡すらあまりとれない状態で妊娠したので、不安が募り中絶してしまったのです。どのように供養してあげればいいのでしょう。

ひとに言うことはないから、自分の心のどこかで、ああ、あの子にはかわいそうなことしたと、忘れないであげることが一番の供養です。中絶で罰が当たるということはありません。

相談89　20年前に別れた、今は家庭のある彼と再会。思いが募ります。若い頃に彼の母親に反対されて大好きでしたが別れ、2年後に今の夫と結婚しました。最近、私の家の経済状態が悪く共通の友人を通じて彼に助けてもらうことになりました。夫とうまくいってないこともあり、当時を思い出し愛《いと》しい感情が込み上げてきます。

ただ電話やメールで話している分にはいいでしょうが、関係が深くなればなるほど、あなた以外の人を苦しめることになります。2つの家庭を台無しにしないためにも、あなたが身を引いたほうがいいと思います。

相談90 元夫が病気になり、看病をするべきか迷っています。

離婚して5年、子どもはいません。離婚の原因は、元夫の度重なる若い女との浮気でした。最近、元夫が病気になったと知人を通じて知り、私は今、付き合っている人はいませんし、元夫に対して憎しみもありませんので、ただ、看病がいるなら私でよければと少し思います。

元の夫がかわいそうだと思ったら、行ってあげてもいいし、2、3日行って、やっぱり嫌と思ったら、やめたらいいのではないですか。もしかすると、そこから新しい関係が生まれるかもしれませんね。

相談91 不倫の末出産しましたが、彼との間にもう肉体関係も恋愛感情もありませんので、別れてやり直したいです。

そこまで愛情がないなら、別れてやり直すほうがいいと思います。あなたの気持ちは決まっていることはわかるけど、これから具体的にどうしたらいいのかをひとつひとつ書き出してみて、自分も周囲も困ることがないように丁寧に生きていってください。

相談92　バツイチの彼と、現在不倫の末の同棲をしています。前妻には給料を全額渡すような人で、今も生活費を渡さないとうるさいからと毎月振込みをしています。そのため、同棲費用はほぼ私が負担している状況です。

お金のことが気になり始めたということは、愛が冷めた証拠のように思います。自分の本当の気持ちと向き合って、彼とよく話し合ってみてください。

相談93　結婚報告のために仕事を辞めて帰郷したところ、別れを告げられました。

恋愛も結婚もそうですけれども、男女の愛というものは、相手の才能を伸ばす愛でないとだめだと思います。元彼のことは忘れて自分に力をつけること。力がついてくれば恋愛の可能性も広がります。人を恨むと器量が落ちますから、恨まないようにね。

相談94 不倫だった恋人と独身の恋人の間で迷っています。妻子ある男性とお付き合いして6年、彼はようやく離婚したようです。でも不倫に懲りたので今、36歳で独身の男性と交際しています。その人は私より一回り年下で私との結婚までは考えていないようなのですが……。

今まで付き合ってきた人が、奥さんと別れて離婚してあなたと一緒に暮らしたいって言うのだったら、その人と一緒になるのが一番いいと思いますよ。今は人生の分岐点、今こそ地に足をつけて考えてください。

相談95　これまで恋愛経験を持てずにきましたが、今恋しているかも……と思う人がいます。10年近く会わずにいて、去年の春に一度話しただけです。どんなふうに恋をすればよいのか教えてください。

今日あなたの気持ちを伝えないと、明日相手が死んでしまうかもしれない。逆に、明日自分が死んでいるかもしれない。そう思えば、今の気持ちは今日伝えたほうがいいと思いませんか。自分の心に素直に生きましょう。

相談96　14歳年上の人と6年付き合い、最近別れました。原因は彼が結婚にいつまでも踏み切ろうとしなかったからです。彼は過去に精神疾患を患ったことがあり、結婚して環境が変わり、再発することを恐れていました。何度も話し合い、「結婚する気はある」と言われて踏みとどまってきましたが、ついに見切りをつけました。

縁というものは、一度結んだら切ったつもりでもなかなか切れないものです。ただ、会わなければ、いつかは切れて忘れられます。今は、そこから離れることを考えてみましょう。

相談97　どうしたら不倫の恋を吹っ切れますか？

やっぱり、次の男を好きになることですね。でも、古い靴を捨てる時は、新しい靴を買ってから捨てたほうがいいですよ。そして、失恋しても、マイナスだけではありません。やっぱり、一度誰かを一生懸命に愛したことは、結果的に不幸であってもそれは、その人の成長になります。

相談98　現在独身で、統合失調症を患っています。病気になる前は大学院を修了し、電気メーカーの研究員として働いていました。最近気になる女性ができましたが、こんな私は、女性を好きにならないほうがいいのでしょうか？　自分も働いて結婚し、人並みに幸せになりたいと思っています。

病人だから幸せになれないことはありません。あなたを真に理解してくれる相手に、本当のことを伝えることです。相手をどうしたら幸せにできるかだけを考えてください。

相談99　先日、夫の携帯電話に届いていたメールを見てしまいました。「明日は休みをとってあるので、ドタキャンしないでね、駅で待ってます」とありました。相手が誰なのかは何となくわかってはいますが、確かめる勇気がありません。どうしたらよいでしょうか？

結婚を全うしようと思うなら、黙っていることね。騒ぐと男は追い込まれていくものです。今は腹が立っていると思うけど、夫を包んであげる気持ちでいてください。そのほうが、夫の気持ちはあなたから離れませんよ。

相談100　看護師をしています。ターミナルと呼ばれる、終末期を迎える患者さんと関わることが増えましたが、経験が浅いので、死が迫った患者さんに対してどのように接したらいいのかわからず、ただ傍にいることしかできません。

あなたに死なれたら私はさみしいわと手を握ってあげて、身体をさすってあげるとか、抱きしめてあげるとか、その、身体のぬくもりが大事なのではないかと思います。

相談101　既婚者の彼とお付き合いをして4年。彼から、「妻への愛情はなく、この先後悔だけの人生かもしれないけれど、離婚する気もない」と言われてしまいました。

奥さんがいて、君を好きだが自分の家庭は壊さないっていう男は、どんな言い訳をしても、女の愛情を利用しているずるい男です。本当に愛していたら、男は自分の生活を清算してあなただけを愛するでしょう。既婚者とわかって恋愛をした時は、相手の奥さんに訴えられ、法律により裁かれる場合もあることをお忘れなく。

相談102　夫以外の男性を好きになってしまいました。

感情に任せ行動をすれば周囲の人々を傷つけてしまいます。本当の愛情は自分の欲望をみたすことではなく、相手の幸福を祈り守ることです。どうか煩悩の火を鎮めてください。

相談103 第3子の妊娠中に夫が18歳の女性と浮気しました。

男はかあっとなっていて、向こうに気持ちが行っているから、今は黙っているほうがいいと思います。必ず帰ってきます。どうにもならなくなったら、あなたは悪くなく、夫とその女性が問題なのだから、冷静な第三者を立てて2人に丁寧に子どもの養育のことも含め、あなたの気持ちを伝えることが大事です。法律もあなたの味方になるはずです。

相談104　私は、離婚歴のある独身です。45歳の男性と不倫関係になりましたが、相手の家庭を壊すことに恐怖を感じ別れを選びました。彼以上の人に出会えないでいたところ、半年経ってその彼から「結婚したい。でも妻には悪いところはないから離婚後の妻の生活も保証してやりたい、君には金銭的に苦労をかけるかもしれないが、それでもよければ一緒になってほしい」と言われました。

あなたの相手は、優しそうにみえる男だけど、結局は自分本位ですね。いつか、自分も前妻と同じように捨てられるかもしれないという覚悟があるなら、いっぺんやってみたらいいと思います。ただ、あっさりと申し分のない妻と別れるような男は、やっぱり今度自分と一緒になったあともまた他の女のところに行くかもしれないということは、頭に入れていたほうがよいでしょう。

相談105　妻子ある彼の子を妊娠しました。私は、未婚の母になっても産みたい気持ちです。彼のためにした借金もあります。こうした私は自分勝手な女でしょうか？

生まれてくる子どものおかげで親がまた元気になる場合もあります。まずは自分が立て替えたお金は、どう払ってくれるのか、これからのことをどう彼が考えているのか、彼とよく話し合ってください。新しい命のためにも、ひとつひとつ問題を解決していってほしいと思います。

相談106　夫に愛人ができました。夫からは、仕事や持病のストレスもあるし、残された人生もそう長くはないのだから、大目にみてほしいと言われました。週に1、2回愛人と会う時以外は、今まで通り優しくて家族思いの夫です。私は夫が好きなので、言うことを信じ認めましたが、やはり辛くて前向きになれません。どう乗り切ればいいでしょうか？

2人の女の間にいるあなたの夫は、男として、非常にだらしがなく、身勝手ですよ。こういう相手を許してはいけないと思います。「どっちか選びなさい」って、はっきりさせたほうがいいのではないですか。

相談107　10年交際した彼に別れを告げられました。彼の言い分は「仕事が充実してきた」「自分はバツイチで、子どもたちや仕事仲間との間に、君が入る隙間はない」ということなのですが、納得できません。

そんな男は振り返るに値しません。悪い夢をみたと思って、仕切り直しなさい。頭がかあっとなっているから、どうしていいかわからないのでしょうけれど、そういう時は、お金が少しあるなら外国旅行などに行けば気分が変わりますよ。そこでまた出会いがあるかもしれませんしね。

相談108

43歳の主婦です。大学生と中学生の娘を持ち、夫婦で努力しながら20年の結婚生活を送りました。しかし1年ほど前に仕事先で知り合った25歳の男性と恋に落ちてしまい、どうにも抜け出すことができません。このまま続けても幸せになる人はひとりもいないことはよくわかっているつもりなのですが……。

恋は雷に当たったようなものなので、どうしようもなかったことはわかりますが、やはり代償が大きすぎますね。一瞬ですべてが水の泡になってしまいます。危険な綱渡りはやめ、自分が成長できることに集中してください。

本当に怨み心というものは、怨みを捨てるその日まで
人の世から消えることはないのです。
怨みを捨てたその日から、怨みは影を消すもの。
これこそ永遠に変わることのない真理です。

【法句経（ダンマパダ）五】

愛欲より強い火は存在しません。
ばくちに負けるとしても、憎悪より強い不運は存在しません。
このかりそめの身より強い苦しみは存在しません。
安らぎよりすばらしい楽しみは存在しません。

【法句経（ダンマパダ）二〇二】

他人を苦しめることによって自分の快楽を求める人は、
怨みの絆にからまれて、怨みから逃れることができません。
【法句経（ダンマパダ）二九一】

愛欲に慣れ親しんでいる人たちは、激流に押し流されます。
【法句経（ダンマパダ）三四七】

この世の人々は、愛欲によって傷つきます。
この世の人々は、怒りによって傷つきます。
この世の人々は、迷妄によって傷つきます。
この世の人々は、欲求によって傷つきます。
【法句経（ダンマパダ）三五六〜三五九】

愛欲よ。わたしはあなたのもとを知っています。
愛欲よ。あなたは思いから生じます。
わたしはあなたのことを思わないでしょう。
そうすればあなたはもはやわたしの心に現れないでしょう。
欲情から憂いが生まれ、欲情から恐れが生まれます。
欲情を離れたならば、憂いはありません。
どうして恐れることがあるでしょうか。

【ウダーナヴァルガ（感興のことば）第二章一、二】

この世は美しい。
人の心は甘美である。

【大般涅槃経（大パリニッバーナ経）】

あとがき

いかがでしたか。この本の答えが、あなたの悩みを軽くするのに役にたちましたか。

自分の悩みはひとりの苦しみではなく、他の多くの人と同じ悩みを抱いていることがおわかりでしょう。

生きることは「苦」だとお釈迦さまはおっしゃいました。

愚かな人間は地球のどこにいても、同じように間違いを起こし、戦い、苦しい愛にもだえています。

それでも

「この世は美しい
　人の心は甘美である」

とお釈迦さまはおっしゃいました。

どうか、あなたたち、ひとりひとりの心の甘美さを振り返り、見つめてください。自分への愛にあふれた時、他者への愛が湧き上がっていることに気づくでしょう。

幸せになってください。

さくいん

ひとと自分

仕事

恋愛・結婚・離婚

家族

愛と別れ

編集協力　株式会社グリオ／中村 裕
デザイン　熊澤正人＋平本祐子（パワーハウス）

瀬戸内寂聴（せとうちじゃくちょう）

1922年、徳島市生まれ。1943年、東京女子大学卒業。1957年「女子大生・曲愛玲」を発表して以来、『田村俊子』『かの子繚乱』『青鞜』『美は乱調にあり』など伝記小説を多数執筆。1963年、『夏の終わり』で女流文学賞受賞。1973年、平泉中尊寺で得度受戒。法名・寂聴。1987年～2005年、岩手県天台寺住職を務めて、今も名誉住職として法話を行っている。1992年『花に問え』で谷崎潤一郎賞、1996年『白道』で芸術選奨文部大臣賞。1998年、現代語訳『源氏物語』（全10巻）を完成。2001年『場所』で野間文芸賞を受賞。『瀬戸内寂聴全集』（全20巻）刊行。2006年、イタリア国際ノニーノ賞、文化勲章受章。2008年安吾賞受賞。2011年『風景』で泉鏡花文学賞受賞。歌舞伎、能、狂言、オペラ、浄瑠璃などの舞台芸術の台本も手掛ける。その後も旺盛に作家活動をつづけている。

お守り　幸せ手帖

2014年4月20日　初版第1刷発行

著　　者　瀬戸内寂聴

発 行 所　朝日出版社
〒101-0065
東京都千代田区西神田 3-3-5
電話 03-3263-3321
http://www.asahipress.com/

印刷・製本　図書印刷

 ISBN978-4-255-00773-1 C0095 ¥926E

女性と茶文化史

2014年4月20日 第1刷発行

著　者　瀬戸内寂聴

発行所　朝日出版社
〒101-0065
東京都千代田区西神田3-3-5
電話 03-3263-3321
https://www.asahipress.com/

印刷・製本　凸版印刷

© Jakucho Setouchi 2014 Printed in Japan ISBN978-4-255-00728-1 C0095 ¥800E
乱丁・落丁の場合はお取り替えいたします。
本書の無断複写（コピー）は著作権法上での
例外を除き禁じられています。